文
景

Horizon

社 科 新 知　文 艺 新 潮

文景古典·名译插图本

索福克勒斯悲剧集

罗念生——译

上海人民出版社

文景古典·名译插图本

索福克勒斯悲剧集

安提戈涅

罗念生——译

安提戈涅

弗雷德里克·莱顿（Frederic Leighton）作

布面油画，1882 年

私人收藏

安提戈涅安葬其兄波吕涅刻斯的尸体

朱尔－欧仁·勒内弗（Jules-Eugène Lenepveu）作

水彩和水粉绘画，约 1835—1898 年

现藏于大都会艺术博物馆

安提戈涅埋葬波吕涅刻斯

塞巴斯蒂安·诺布林（Sébastien Norblin）作

油画，1825 年

现藏于巴黎国立高等美术学院

VladoubidoOo 摄

安提戈涅在波吕涅刻斯的尸体前
尼基福罗斯·里塔斯（Nikiforos Lytras）作
布面油画，1865 年
现藏于国立希腊美术馆

安提戈涅在波吕涅刻斯前

让－约瑟夫·本雅明－康斯坦特（Jean-Joseph Benjamin-Constant）作

布面油画，1868 年

现藏于法国奥古斯丁博物馆（Musée des Augustins）

Daniel Martin 摄

安提戈涅为其兄波吕涅刻斯的尸体奠酒
威廉·亨利·莱因哈特（William Henry Rinehart）作
石膏雕像，约1867—1870年
现藏于史密森尼（Smithsonian）美国艺术博物馆

安提戈涅埋葬波吕涅刻斯

约翰·弗拉克斯曼（John Flaxman）等作

艾尔弗雷德·丘奇（Alfred Church）著《希腊悲剧故事》（伦敦，1880 年）插图

安提戈涅、海蒙和克瑞翁

希腊瓶画，约公元前 550—前 500 年

现藏于意大利庞贝神秘别墅（Villa of the Mysteries）

出版说明

古希腊罗马文明是世界文明中一个辉煌且重要的阶段。古希腊罗马时期的经典作品具有很高的成就，堪称世界文明的一座高峰，也是后世人们不断回溯的西方经典源头。“文景古典·名译插图本”丛书收集、整理古希腊罗马经典作品，并增加相关插图，力图完整呈现古希腊罗马经典作品的基本面貌，以飨读者。

索福克勒斯（Σοφοκλη/Sophocles，公元前496—公元前406）是古希腊三大悲剧家中的第二位。他被一些古代批评家认为是最伟大的悲剧家。索福克勒斯以完美的戏剧技巧享誉后世，有七部剧作传世。本书收入《安提戈涅》《俄狄浦斯王》《厄勒克特拉》《特剌喀斯少女》《俄狄浦斯在科罗诺斯》五部悲剧。

罗念生先生（1904—1990）是享有世界声誉的古希腊文学学者、翻译家，从事古希腊文学与文字翻译长达六十载，翻译出版的译文和专著达五十余种，堪称翻译了一座奥林匹斯山。本书所收五部剧作均为罗念生先生翻译。

书中各篇目依据上海人民出版社2016年版《罗念生全集》中相应剧作整理而成，该版本附有译者为更早版本所写、所译的相关资料，这些资料有助于读者深入理解古希腊悲剧家及其剧作，本书也一并附后。各部剧作所依据的希腊文底本、校勘本的版本，参见各剧作前的说明。

书中一些专名与词汇，因译者年代、用语习惯不同，不尽一致，本书根据较为通行的译法做了适当统一，以便于当今读者阅读。

目　录

安提戈涅

安提戈涅

根据舒克部尔格（E. S. Shuckburgh）编订的《索福克勒斯的安提戈涅》简注本（*The Antigone of Sophocles,* with a Commentary, Abridged from the Larger Edition of Sir Richard C. Jebb, Cambridge, 1953）希腊原文译出，并参考了贝飞尔德（M. A. Bayfield）编订的《索福克勒斯的安提戈涅》（*The Antigone of Sophocles*, Macmillan, 1902）的注解。

场 次

一 **开场** （原诗 1—99 行）

二 **进场歌** （原诗 100—161 行）

三 **第一场** （原诗 162—331 行）

四 **第一合唱歌** （原诗 332—383 行）

五 **第二场** （原诗 384—581 行）

六 **第二合唱歌** （原诗 582—630 行）

七 **第三场** （原诗 631—780 行）

八 **第三合唱歌** （原诗 781—805 行）

九 **第四场** （原诗 806—943 行）

十 **第四合唱歌** （原诗 944—987 行）

十一 **第五场** （原诗 988—1114 行）

十二 **第五合唱歌** （原诗 1115—1154 行）

十三 **退场** （原诗 1155—1353 行）

人　物

（以上场先后为序）

安提戈涅（Antigone） 俄狄浦斯（Oidipous）的长女

伊斯墨涅（Ismene） 俄狄浦斯的次女

歌队 由忒拜（Thebei）城长老十五人组成

克瑞翁（Kreon） 忒拜城的王，安提戈涅和伊斯墨涅的舅父

守兵

仆人数人 克瑞翁的仆人

海蒙（Haimon） 克瑞翁的儿子，安提戈涅的未婚夫

忒瑞西阿斯（Teiresias） 忒拜城的先知

童子 忒瑞西阿斯的领路人

报信人

欧律狄刻（Eurydike） 克瑞翁的妻子

侍女数人 欧律狄刻的侍女

布　景

忒拜城王宫前院

时　代

英雄时代

一　开场[1]

安提戈涅和伊斯墨涅自宫中上。

安提戈涅　啊，伊斯墨涅，我的亲妹妹，你看俄狄浦斯传下来的诅咒中所包含的灾难[2]，还有哪一件宙斯[3]没有在我们活着的时候使它实现呢？在我们俩的苦难之中，没有一种痛苦，灾祸，羞耻和侮辱我没有亲眼见过。

现在据说我们的将军[4]刚才向全城的人颁布了一道命令。是什么命令？你听见没有？也许你还不知道敌人应受的灾难正落到我们的朋友们身上？[5]

伊斯墨涅　安提戈涅，自从两个哥哥同一天死在彼此手中，我们姐妹俩失去了他们以后，我还没有听见什么关于我们的朋友们的消息，不论是好是坏；自从昨夜阿耳戈斯[6]军队退走以后，我还不知道自己的命运是好转还是恶化哩。

安提戈涅　我很清楚，所以才把你叫到院门[7]外面，讲给你一个人听。

伊斯墨涅　什么？看来正有什么坏消息在苦恼着你。

安提戈涅　克瑞翁不是认为我们的一个哥哥应当享受葬礼，另一个不应当享受吗？据说他已按照公道和习惯把厄忒俄克勒斯埋葬了，使他受到下界鬼魂的尊敬。[8]我还听说克瑞翁已向全体市民宣布：不许人埋葬或哀悼那不幸的死者波吕涅刻斯，使他得不到眼泪和坟墓；他的尸体被猛禽望见的时候，会是块多么美妙的贮藏品[9]，吃起来多么痛快啊！

听说这就是高贵的克瑞翁针对着你和我——特别是针对着我——宣布的命令[10]；他就要到这里来，向那些还不知道的人明白宣布；事情非同小可，谁要是违反禁令，谁就会在大街上被群众用石头砸死[11]。你现在知道了这消息，立刻就得表示你不愧为一个出身高贵的人；要不然，就表示你是个贱人吧。

伊斯墨涅　不幸的姐姐，那么有什么结要我帮着系上，还是解开呢？[12]

安提戈涅 你愿不愿意同我合作，帮我做这件事？你考虑考虑吧。

伊斯墨涅 冒什么危险吗？你是什么意思？

安提戈涅 你愿不愿意帮助我用这只手[13]把尸首抬起来？

伊斯墨涅 全城的人都不许埋他，你倒要埋他吗？

安提戈涅 我要对哥哥尽我的义务，也是替你尽你的义务，如果你不愿意尽的话；我不愿意人们看见我背弃他。

伊斯墨涅 你这样大胆吗，在克瑞翁颁布禁令以后？

安提戈涅 他没有权利阻止我同我的亲人接近。

伊斯墨涅 哎呀！姐姐啊，你想想我们的父亲死得多么不光荣，多么可怕，他发现自己的罪过，亲手刺瞎了眼睛；他的母亲和妻子——两人名称是一个人——也上吊了；最后我们两个哥哥在同一天自相残杀，不幸的人呀，彼此动手，造成了共同的命运。现在只剩下我们俩了，你想想，如果我们触犯法律，反抗国王的命令或权力，就会死得更惨，首先，我们得记住我们生来是女人，斗不过男子；其次，我们处在强者的控制下，只好服从这道命令，甚至更严厉的命令。因此我祈求下界鬼神原谅

我，[14]既然受压迫，我只好服从当权的人；不量力是
68 不聪明的。

安提戈涅　我再也不求你了；即使你以后愿意帮忙，我也不欢迎。你打算做什么人就做什么人吧；我要埋葬哥哥。即使为此而死，也是件光荣的事；我遵守神圣的天条而犯罪，[15]倒可以同他躺在一起，亲爱的人陪伴着亲爱的人；我将永久得到地下鬼魂的欢心，胜似讨凡人欢喜；因为我将永久躺在那里。至于你，只要你愿意，你
77 就藐视天神所重视的天条吧。

伊斯墨涅　我并不藐视天条，只是没有力量和城邦对抗。

安提戈涅　你可以这样推托；我现在要去为我最亲爱的哥哥起个坟墓。[16]

伊斯墨涅　哎呀，不幸的人啊，我真为你担忧！

83 **安提戈涅**　不必为我担心；好好安排你自己的命运吧。

伊斯墨涅　无论如何，你得严守秘密，别把这件事告诉任何人，我自己也会保守秘密。

安提戈涅　呸！尽管告发吧！你要是保持缄默，不向大众宣布，那么我就更加恨你。

伊斯墨涅　你是热心去做一件寒心的事。[17]

安提戈涅　可是我知道我可以讨好我最应当讨好的人。

伊斯墨涅　只要你办得到；但你是心有余而力不足。

安提戈涅　我要到力量用尽了才住手。

伊斯墨涅　不可能的事不应当去尝试。 92

安提戈涅　你这样说，我会恨你，死者也会恨你，这是活该。让我和我的愚蠢担当这可怕的风险吧，充其量是光荣的死。

伊斯墨涅　你要去就去吧；你可以相信，你这一去虽是愚蠢，
你的亲人[18]却认为你是可爱的。 99

安提戈涅自观众左方下，伊斯墨涅进宫。[19]

二　进场歌

歌队自观众右方进场。

歌队　（第一曲首节）[20]阳光啊，照耀着这有七座城门的忒拜[21]的最灿烂阳光啊，你终于发亮了，金光闪烁的白昼的眼睛啊，你照耀着狄耳刻的流泉，[22]给那从阿耳戈斯来的全身披挂的白盾战士带上锐利的嚼铁，催他快

109 快逃跑。[23]（本节完）

歌队长　他们为了波吕涅刻斯的争吵，冲到我们土地上，像尖叫的老鹰在我们上空飞翔，身上披着雪白羽毛，[24]

116 手下带着许多武士，个个头上戴着马鬃盔缨。[25]

歌队　（第一曲次节）他在我们房屋上空把翅膀收敛，举起渴得要吸血的长矛，绕着我们的七座城门把嘴张开；可

是在他的嘴还没有吸饮我们的血，赫淮斯托斯[26]的枞脂火炬还没有烧毁我们望楼的楼顶之前，他们退走了。战斗的声音在他背后多么响亮，龙化成的敌手[27]是难以抵挡的啊。（本节完） 126

歌队长 宙斯十分憎恨夸口的话[28]，他看见他们一层层潮涌而来，黄金的武器铿铿响，多么猖狂，他就把霹雳火拿在手里一甩，朝着爬到我们城垛上高呼胜利的敌人投去。[29] 133

歌队 （第二曲首节）那人手里拿着火炬，一翻身就落到有反弹力的地上，他先前在疯狂中猛烈地喷出仇恨的风暴。但是这些恐吓落空了；伟大的阿瑞斯，我们的得力助手，[30]痛击其余的敌人，给他们各种不同的死伤。（本节完） 140

歌队长 七个城门口七员敌将[31]，七对七，都用铜甲来缴税，献给宙斯，胜负的分配者；那两个不幸的人，同父同母所生，却是例外，他们举着得胜的长矛对刺，双方同归于尽。[32] 147

歌队 （第二曲次节）既然大名鼎鼎的胜利女神[33]已来到我们这里，向着有战车环绕的忒拜城微笑，我们且忘掉

刚才的战争，到各个神殿歌舞通宵，让那位舞起来使忒
154 拜土地震动的酒神[34]来领队吧！（本节完）

歌队长 且住，因为这地方的国王克瑞翁，墨诺叩斯[35]的
儿子，来了，他是这神赐的新机会造成的新王[36]，他
已发出普遍通知，建议召开临时长老会议，他是在打什
161 么主意呢？

三　第一场

克瑞翁自宫中上。

克瑞翁　长老们，我们城邦这只船经过多少波浪颠簸，又由众神使它平安地稳定下来；因此我派使者把你们召来，你们是我从市民中选出来的，我知道得很清楚，你们永远尊重拉伊俄斯的王权；此外，在俄狄浦斯执政时期和他死后，你们始终怀着坚贞的心效忠他们的后人[37]。既然两个王子同一天死于相互造成的命运——彼此残杀，沾染着弟兄的血——我现在就接受了这王位，掌握着所有的权力；因为我是死者的至亲。[38] 174

一个人若是没有执过政，立过法，没有受过这种考验，我们就无法知道他的品德，魄力和智慧。任何一个

掌握着全邦大权的人，倘若不坚持最好的政策，由于有
所畏惧，把自己的嘴闭起来，我就认为他是最卑鄙不过
的人。如果有人把他的朋友放在祖国之上，这种人我瞧
不起。至于我自己，请尢所不见的宙斯作证，要是我看
见任何祸害——不是安乐——逼近了人民，我一定发出
警告；我决不把城邦的敌人当作自己的朋友；我知道唯
有城邦才能保证我们的安全；要等我们在这只船上平稳
190 航行的时候，才有可能结交朋友。[39]

我要遵守这样的原则，使城邦繁荣幸福。我已向人
民宣布了一道合乎这原则的命令，这命令和俄狄浦斯两
个儿子有关系：厄忒俄克勒斯作战十分英勇，为城邦牺
牲性命，我们要把他埋进坟墓，在上面供献每一种随着
最英勇的死者到下界的祭品[40]；至于他弟弟，我是说
波吕涅刻斯，他是个流亡者，回国来，想要放火把他祖
先的都城和本族的神殿烧个精光，想要喝他族人的血，
使剩下的人成为奴隶，这家伙，我已向全体市民宣布，
不许人埋葬，也不许人哀悼，让他的尸体暴露，给鸟和
206 狗吞食，让大家看见他被作践得血肉模糊！

这就是我的魄力[41]；在我的政令之下，坏人不会

比正直的人受人尊敬；但是任何一个对城邦怀好意的人，不论生前死后，都同样受到我的尊敬。 210

歌队长 啊，克瑞翁，墨诺叩斯的儿子，这样对待城邦的敌人和朋友是很合乎你的意思的；你有权力用任何法令来约束死者和我们这些活着的人。 214

克瑞翁 那么你们就监督这道命令的执行。

歌队长 请把责任交给比我们年轻的人。[42]

克瑞翁 看守尸首的人已经派好了。

歌队长 你还有什么别的吩咐？

克瑞翁 你们不得祖护抗命的人。

歌队长 谁也没有这样愚蠢，自寻死路。

克瑞翁 那就是惩罚；但是，常有人为了贪图利益，弄得性命难保。 222

守兵自观众左方上。

守兵 啊，主上，我不能说我是用轻捷的脚步，跑得连气都喘不过来；因为我的忧虑曾经多少次叫我停下来，转身往回走。我心里发出声音，同我谈了许多话，它说："你真是个可怜的傻瓜，为什么到那里去受罪？你真是胆大，又停下来了么？倘若克瑞翁从别人那里知道了这件事，你怎能不受惩罚？”我反复思量，这样懒懒地，慢慢地走，一段短路就变长了。最后，我决定到你这里来；尽管我的消息没有什么内容，[43]我还是要讲出来；因为我抱着这样一个希望跑来，那就是除了命中注定的
236 遭遇之外，我不至于受到别的惩罚。[44]

克瑞翁 什么事使你这样丧气？

守兵 首先，我要向你谈谈我自己：事情不是我做的，我也没有看见做这件事的人，这样受到惩罚，未免太冤枉。

克瑞翁 你既瞄得很准，对于攻击又会四面提防。[45]显然，
242 你有奇怪的消息要报告。

守兵 是的；一个人带着可怕的消息，心里就害怕。

克瑞翁 还不快把你的话说出来，然后马上给我滚开！

守兵 那我就告诉你：那尸首刚才有人埋了，他把干沙撒在尸体上，举行了应有的仪式就跑了。[46]

248 **克瑞翁** 你说什么？哪一个汉子敢做这件事？[47]

守兵 我不知道；那地点没有被鹤嘴锄挖掘，泥土也没有被双齿铲翻起来，土地又干又硬，没有破绽，没有被车轮滚过，做这件事的人没有留下一点痕迹。当第一个值日班的看守人指给我们看的时候，[48]大家又称奇，又叫

苦。尸体已经盖上了，不是埋下了，而是像被一个避污染的人撒上了一层很细的沙子。[49]也没有野兽或狗子咬过他，看不出什么痕迹来。 258

我们随即互相埋怨，守兵质问守兵；我们几乎打起来，也没有人来阻拦。每个人都像是罪犯，可是谁也没有被判明有罪；大家都说不知道这件事。我们准备手举红铁，身穿火焰，凭天神起誓，我们没有做过这件事，也没有参与过这计划和行动。 267

这样追问下去也是枉然，最后，有人提出一个建议，我们大家才战战兢兢地点头同意了；因为我们不知道怎么反驳他，也不知道照他的话去做是否走运。

他说这件事非告诉你不可，隐瞒不得。大家同意之后，命运罚我这不幸的人中了这个好签。[50]所以我来了，既不愿意，也不受欢迎，这个我很明白；因为谁也不喜欢报告坏消息的人。 277

歌队长 啊，主上，我考虑了很久，这件事莫非是天神做出来的？

克瑞翁 趁你的话还没有叫我十分冒火，赶快住嘴吧，免得我发现你又老又糊涂。你这话叫我难以容忍，说什么天神照应这尸首；是不是天神把他当作恩人，特别看重他，把他掩盖起来？他本是回来烧毁他们的有石柱环绕的神殿，祭器和他们的土地的，他本是回来破坏法律的。你几时看见过天神重视坏人？没有那回事。这城里早就有人对我口出怨言，不能忍受这禁令，偷偷地摇头，[51]
292 不肯老老实实引颈受轭，服从我的权力。

我看得很清楚，这些人[52]是被他们出钱收买来干这勾当的。人间再没有像金钱这样坏的东西到处流通，这东西可以使城邦毁灭，[53]使人们被赶出家乡，[54]把善良的人教坏，使他们走上邪路，做些可耻的事，甚至
301 叫人为非作歹，干出种种罪行。

那些被人收买来干这勾当的人迟早要受惩罚。（向守兵）既然我依然崇奉宙斯，你就要好好注意——我凭宙斯发誓告诉你——如果你们找不着那亲手埋葬的人，不把他送到我面前，你们死还不够，我还要先把你们活活吊起来，要你们招供你们的罪行，叫你们知道什么利益是应当得的，日后好去争取；叫你们懂得事事唯利是图是不行的。你会发现不义之财使多数人受害，少数人
314 享福。

守兵 你让我再说两句，还是让我就这样走开？

克瑞翁 难道你还不知道你现在说的话都在刺痛我吗？

守兵 刺痛了你的耳朵，还是你的心？

克瑞翁 为什么要弄清楚我的痛苦在什么地方？

守兵 伤了你心的是罪犯，伤了你耳朵的是我。

克瑞翁 呸！显然，你天生是个多嘴的人。

守兵 也许是；但是我绝不是做这件事的人。

克瑞翁 你不但是，而且为了金钱出卖自己灵魂。

守兵 唉！一个人怀疑而又怀疑错了，太可怕了。

克瑞翁 你尽管巧妙地谈论“怀疑”；你若是不把那些罪犯给我找出来，你就得承认肮脏的钱会惹祸。

克瑞翁进宫。

守兵 最好是找得到啊！不管捉得到捉不到——都要命运来决定——反正你以后不会看见我再到这里来。[55]这次出乎我的希望和意料之外，居然平安无事，我得深深感谢神明。

守兵自观众左方下。

四　第一合唱歌

歌队　（第一曲首节）奇异的事物虽然多，却没有一件比人更奇异；[56]他要在狂暴的南风下渡过灰色的海，在汹涌的波浪间冒险航行；[57]那不朽不倦的大地，最高的女神，他要去搅扰，用变种的马耕地，[58]犁头年年来回的犁土。

（第一曲次节）他用多网眼的网兜儿捕那快乐的飞鸟，凶猛的走兽[59]和海里的游鱼——人真是聪明无比；他用技巧制服了居住在旷野的猛兽，驯服了鬃毛蓬松的马，使它们引颈受轭，他还把不知疲倦的山牛也养驯了。

（第二曲首节）他学会了怎样运用语言和像风一般

快的思想，怎样养成社会生活的习性，怎样在不利于露宿的时候躲避霜箭和雨箭；[60] 什么事他都有办法，对未来的事也样样有办法，甚至难以医治的疾病他都能设法避免，只是无法免于死亡。 364

（第二曲次节）在技巧方面他有发明才能，想不到那样高明，这才能有时候使他走厄运，[61] 有时候使他走好运；只要他尊重地方的法令和他凭天神发誓要主持的正义，他的城邦便能耸立起来；如果他胆大妄为，犯了罪行，他就没有城邦了。[62] 我不愿这个为非作歹的人在我家作客，不愿我的思想和他的相同。 375

安提戈涅由守兵自观众左方押上场。

歌队长 （尾声）这奇异的现象使我吃惊！我认识她——这不是那女孩子安提戈涅吗？

啊，不幸的人，不幸的父亲俄狄浦斯的女儿，这是怎么回事？莫不是在你做什么蠢事的时候，他们捉住你，把你这违背国王命令的人押来了？ 383

五 第二场

守兵 她就是做这件事的人，我们趁她埋葬尸首的时候，把她捉住了。可是克瑞翁在哪里？

克瑞翁自宫中上。

歌队长 他又从家里出来了，来得凑巧。

克瑞翁 怎么？出了什么事，说我来得凑巧？

守兵 啊，主上，人们不可发誓不做什么事；因为再想一下，往往会发现原先的想法不对。在你的威胁恐吓之下，我原想发誓不急于回到这里来。但是出乎意外的快乐比别的快乐大得多，因此我虽然发誓不来，还是带着这女子来了，她是在举行葬礼的时候被我们捉住的。这次没有摇签，这运气就归了我，没有归别人。现在，啊，主上，只要你高兴，就把她接过去审问，给她定罪吧；我自己没事了，有权利摆脱这场祸事。400

克瑞翁　你说，你带来的女子——是怎样捉住的，在哪里捉住的？

守兵　她正在埋葬尸首；事情你都知道了。

克瑞翁　你知道你这句话什么意思？你正确地表达了你的思想吗？

守兵　我亲眼看见她埋葬那不许埋葬的尸首。我说得够清楚了吗？

克瑞翁　是怎样发现的？怎样当场捉住的？406

守兵　事情是这样的：我们在你的可怕的恐吓之下回到那里，[63]把盖在尸体上的沙子完全拂去，使那黏糊糊的尸首露了出来；我们随即背风坐在山坡上躲着，免得臭味儿从尸首那里飘过来；每个人都忙着用一些责备的话督促他的同伴，怕有人疏忽了他的责任。414

这样过了很久，一直守到太阳的灿烂光轮开到了中天，热得像火一样的时候；突然间一阵旋风从地上卷起了沙子，天空阴暗了，这风沙弥漫原野，吹得平地丛林枝断叶落，太空中尽是树叶；我们闭着眼睛忍受着这天灾。421

这样过了许久，等风暴停止，我们就发现了这女子，她大声哭喊，像鸟儿看见窝儿空了，雏儿丢了，在悲痛中发出尖锐声音。她也是这样：她看见尸体露了出来就放声大哭，对那些拂去沙子的人发出凶恶诅咒。她立即捧了些干沙，高高举起一只精制的铜壶奠了三次酒
431 水敬礼死者。

我们一看见就冲下去，立即把她捉住，她一点也不惊惶。我们谴责她先前和当时的行为，她并不否认，使我同时感觉愉快，又感觉痛苦；因为我自己摆脱了灾难是件极大的乐事，可是把朋友领到灾难中却是件十分痛
440 苦的事。好在朋友的一切事都没有我自身的安全重要。

克瑞翁 你低头望着地，承认不承认这件事是你做的？

安提戈涅 我承认是我做的，并不否认。

克瑞翁 （向守兵）你现在免了重罪，你愿意到哪里就到哪里去吧。

守兵自观众右方下。

（向安提戈涅）告诉我——话要简单不要长——你知道不知道有禁葬的命令？

安提戈涅 当然知道；怎么会不知道呢？这是公布了的。

克瑞翁 你真敢违背法令吗? 449

安提戈涅 我敢;因为向我宣布这法令的不是宙斯,那和下界神祇同住的正义之神也没有为凡人制定这样的法令;我不认为一个凡人下一道命令就能废除天神制定的永恒不变的不成文律条,它的存在不限于今日和昨日,而是永久的,也没有人知道它是什么时候出现的。 457

我不会因为害怕别人皱眉头而违背天条,以致在神面前受到惩罚。我知道我是会死的——怎么会不知道呢?——即使你没有颁布那道命令;如果我在应活的岁月之前死去,我认为是件好事;因为像我这样在无穷尽的灾难中过日子的人死了,岂不是得到好处了吗?

所以我遭遇这命运并没有什么痛苦;但是,如果我让我哥哥死后不得埋葬,我会痛苦到极点;可是像这样,我倒安心了。如果在你看来我做的是傻事,也许我可以说那说我傻的人倒是傻子。 470

歌队长 这个女儿天性倔强,是倔强的父亲所生;她不知道向灾难低头。[64]

克瑞翁 (向安提戈涅)可是你要知道,太顽强的意志最容易受挫折;你可以时常看见最顽固的铁经过淬火炼硬之

后，被人击成碎块和破片。[65]我并且知道，只消一小块嚼铁就可以使烈马驯服。一个人做了别人的奴隶，就
478 不能自高自大了。

（向歌队长）这女孩子刚才违背那制定的法令的时候，已经很高傲；事后还是这样傲慢不逊，为这事而欢
483 乐，为这行为而喜笑。

要是她获得了胜利，不受惩罚，那么我成了女人，她反而是男子汉了。不管她是我姐姐的女儿，或者比任何一个崇拜我的家神宙斯的人[66]和我血统更近，她本人和她妹妹都逃不过最悲惨的命运；因为我指控那女子
490 是埋葬尸体的同谋。

把她叫来；我刚才看见她在家；她发了疯，精神失常。那暗中图谋不轨的人的心机往往会预先招供自己有罪。我同时也恨那个做了坏事被人捉住，反而想夸耀罪
496 行的人。

安提戈涅 除了把我捉住杀掉之外，你还想进一步做什么呢？

克瑞翁 我不想做什么；杀掉你就够了。

安提戈涅 那么你为什么拖延时间？你的话没有半句使我

喜欢——但愿不会使我喜欢啊！我的话你自然也听不进去。

我除了因为埋葬自己哥哥而得到荣誉之外，还能从哪里得到更大的荣誉呢？这些人全都会说他们赞成我的行为，若不是恐惧堵住了他们的嘴。但是不行；因为君王除了享受许多特权之外，还能为所欲为，言所欲言。

克瑞翁　在这些卡德墨亚[67]人当中，只是你才有这种看法。

安提戈涅　他们也有这种看法，只不过因为怕你，他们闭口不说。

克瑞翁　但是，如果你的行动和他们不同，[68]你不觉得可耻吗？

安提戈涅　尊敬一个同母弟兄，并没有什么可耻。

克瑞翁　那对方不也是你的弟兄吗？

安提戈涅　他是我的同母同父弟兄。 513

克瑞翁　那么你尊敬他的仇人，不就是不尊敬他吗？

安提戈涅　那个死者[69]是不会承认你这句话的。

克瑞翁　他会承认；如果你对他和对那坏人同样地尊敬。

安提戈涅　他不会承认；因为死去的不是他的奴隶，而是他的弟兄。

克瑞翁 他是攻打城邦，而他是保卫城邦。

安提戈涅 可是冥王[70]依然要求举行葬礼。

克瑞翁 可是好人不愿意和坏人平等，享受同样葬礼。

安提戈涅 谁知道下界鬼魂会不会认为这件事是可告无罪的？[71]

克瑞翁 仇人绝不会成为朋友，甚至死后也不会。

安提戈涅 可是我的天性不喜欢跟着人恨，[72]而喜欢跟着人爱。

克瑞翁 那么你就到冥土去吧，你要爱就去爱他们。只要我还活着，没有一个女人管得了我。

伊斯墨涅由二仆人自宫中押上场。

歌队长 看呀，伊斯墨涅出来了，那表示姐妹之爱的眼泪往下滴，那眉宇间的愁云遮住了发红的面容，随即化为雨水，打湿了美丽的双颊。

克瑞翁 你像一条蝮蛇潜伏在我家，偷偷吸取我的血，我竟不知道我养了两个叛徒来推翻我的宝座。喂，告诉我，你是招供参加过这葬礼呢，还是发誓不知情？

伊斯墨涅 事情是我做的，只要她不否认；我愿意分担这罪过。

安提戈涅　可是正义不让你分担；因为你既不愿意，我也没有让你参加。

伊斯墨涅　如今你处在祸患中，我同你共渡灾难之海，不觉得羞耻。

安提戈涅　事情是谁做的，冥王和下界的死者都是见证；口头上的朋友我不喜欢。

伊斯墨涅　不，姐姐呀，不要拒绝我，让我和你一同死，使死者成为清洁的鬼魂吧。[73]

安提戈涅　不要和我同死，不要把你没有亲手参加的工作作为你自己的；我一个人死就够了。

伊斯墨涅　失掉了你，我的生命还有什么可爱呢？

安提戈涅　你问克瑞翁吧，既然你孝顺他。

伊斯墨涅　对你又没有好处，你为什么这样来伤我的心？

安提戈涅　假如我嘲笑了你，我心里也是苦的。

伊斯墨涅　现在我还能给你什么帮助呢？

安提戈涅　救救你自己吧！即使你逃得过这一关，我也不羡慕你。

伊斯墨涅　哎呀呀，我不能分担你的厄运吗？

安提戈涅　你愿意生，我愿意死。

伊斯墨涅　并不是我没有劝告过你。

安提戈涅　在有些人眼里你很聪明，可是在另一些人眼里，聪明的却是我。[74]

伊斯墨涅　可是我们俩同样有罪。[75]

安提戈涅　请放心；你活得成，我却是早已为死者服务而死了。

克瑞翁　我认为这两个女孩子有一个刚才变愚蠢了，另一个生来就是愚蠢的。

伊斯墨涅　啊，主上，人倒了霉，甚至天生的理智也难保持，会得错乱。

克瑞翁　你的神志是错乱了，当你宁愿同坏人做坏事的时候。

伊斯墨涅　没有她和我在一起，我一个人怎样活下去？

克瑞翁　别说她还和你在一起，她已经不存在了。

伊斯墨涅　你要杀你儿子的未婚妻吗？

克瑞翁　还有别的土地可以由他耕种。

伊斯墨涅　不会再有这样情投意合的婚姻了。

克瑞翁　我不喜欢给我儿子娶个坏女人。

伊斯墨涅　啊，最亲爱的海蒙，你父亲多么藐视你啊！[76]

克瑞翁　你这人和你所提起的婚姻够使我烦恼了！

歌队长 你真要使你儿子失去他的未婚妻吗?

克瑞翁 死亡会为我破坏这婚姻。

歌队长 好像她的死刑已经判定了。

克瑞翁 (向歌队长)是你和我判定的。[77]仆人们,别再拖延时间,快把她们押进去!今后她们应当乖乖做女人,不准随便走动;甚至那些胆大的人,看见死亡逼近的时候,也会逃跑。

安提戈涅和伊斯墨涅由二仆人押进宫。

六　第二合唱歌

歌队　（第一曲首节）没有尝过患难的人是有福的。一个人的家若是被上天推倒，什么灾难都会落到他头上，还会冲向他的世代儿孙，像波浪，在从特剌刻[78]吹来的狂暴海风下，向着海水的深暗处冲去，把黑色泥沙从海底
592 卷起来，那海角被风吹浪打，发出悲惨的声音。

（第一曲次节）从拉布达喀代[79]家中的死者那里来的灾难是很古老的，我看见它们一个落到一个上面，没有一代人救得起一代人，[80]是一位神在打击他们，这个家简直无法挽救。如今啊，俄狄浦斯家中剩下的根苗上发出的希望之光，又被下界神祇的砍刀——言语上的愚蠢，心里的疯狂——折断了。[81]

（第二曲首节）啊，宙斯，哪一个凡人能侵犯你，能阻挠你的权力[82]？这权力即使是追捕众生的睡眠或众神所安排的不倦的岁月也不能压制；你这位时光催不老的主宰住在奥林匹斯[83]山上灿烂的光里。在最近和遥远的将来，正像在过去一样，这规律一定生效：人们的过度行为会引起灾祸。 614

（第二曲次节）那飘飘然的希望对许多人虽然有益，但是对许多别的人却是骗局，他们是被轻浮的欲望欺骗了，等烈火烧着脚的时候，他们才知道是受了骗。[84]是谁很聪明地说了句有名的话：一个人的心一旦被天神引上迷途，他迟早会把坏事当作好事；只不过暂时还没有灾难罢了。（本节完） 625

歌队长 （尾声）看呀，你最小的儿子海蒙来了。他是不是为他未婚妻安提戈涅的命运而悲痛，是不是因为对他的婚姻感觉失望而伤心到极点？ 630

七　第三场

海蒙自观众右方上。

克瑞翁　（向歌队长）我们很快就会知道，比先知知道得还清楚。

啊，孩儿，莫非你是听见你未婚妻的最后判决，来
634 同父亲赌气的吗？还是不论我怎么办，你都支持我？

海蒙　啊，父亲，我是你的孩子；你有好见解，凡是你给我划出的规矩，我都遵循。我不会把我的婚姻看得比你的
638 善良教导更重。

克瑞翁　啊，孩儿，你应当记住这句话：凡事听从父亲劝告。做父亲的总希望家里养出孝顺儿子，向父亲的仇人报仇，向父亲的朋友致敬，像父亲那样尊敬他的朋友。

那些养了无用的儿子的人，你会说他们生了什么呢？只不过给自己添了苦恼，给仇人添了笑料罢了。啊，孩儿，不要贪图快乐，为一个女人而抛弃了你的理智；要知道一个和你同居的坏女人会在你怀抱中成为冷冰冰的东西。还有什么烂疮比不忠实的朋友更有害呢？你应当憎恨这女子，把她当作仇人，让她到冥土嫁给别人。既然我把她当场捉住——全城只有她一个人公开反抗——我不能欺骗人民，一定得把她处死。

让她向氏族之神宙斯呼吁吧。若是我把生来是我亲戚的人养成叛徒，那么我更会把外族的人也养成叛徒。只有善于治家的人才能成为城邦的真正领袖。若是有人犯罪，违反法令，或者想对当权的人发号施令，他就得不到我的称赞。凡是城邦所任命的人，人们必须对他事事顺从，不管事情大小，公正不公正；我相信这种人不仅是好百姓，而且可以成为好领袖，会在战争的风暴中守着自己的岗位，成为一个既忠诚又勇敢的战友。 671

背叛是最大的祸害，它使城邦遭受毁灭，使家庭遭受破坏，使并肩作战的兵士败下阵来。只有服从才能挽救多数正直的人的性命。所以我们必须维持秩序，决不可对一个女人让步。如果我们一定会被人赶走，最好是被男人赶走，免得别人说我们连女人都不如。

歌队长 在我们看来，你的话好像说得很对，除非我们老糊涂了。

海蒙 啊，父亲，天神把理智赋予凡人，这是一切财宝中最有价值的财宝。我不能说，也不愿意说，你的话说得不对；可是别人也可能有好的意见。因此我为你观察市民所作所为，所说所非难，这是我应尽的本分。人们害怕你皱眉头，不敢说你不乐意听的话；我倒能背地里听见那些话，听见市民为这女子而悲叹，他们说："她做了最光荣的事，在所有的女人中，只有她最不应当这样最悲惨地死去！当她哥哥躺在血泊里没有埋葬的时候，她不让他被吃生肉的狗或猛禽吞食；她这人还不该享受黄金似的光荣吗？"这就是那些悄悄传播的秘密话。

啊，父亲，没有一种财宝在我看来比你的幸福更可贵。真的，对于儿女，幸福的父亲的名誉不是最大的光荣吗？对于父亲，儿女的名誉不也是一样吗？你不要老抱着这唯一的想法，认为只有你的话对，别人的话不对。因为尽管有人认为只有自己聪明，只有自己说得

对，想得对，别人都不行，可是把他们揭开来一看，里面全是空的。 709

一个人即使很聪明，再懂得许多别的道理，放弃自己的成见，也不算可耻啊。试看那洪水边的树木怎样低头，保全了枝儿；至于那些抗拒的树木却连根带枝都毁了。那把船上的帆脚索拉紧不肯放松的人，也是把船弄翻了，到后来，桨手们的凳子翻过来朝天，船就那样航行。 717

请你息怒，放温和一点吧！如果我，一个很年轻的人，也能贡献什么意见的话，我就说一个人最好天然赋有绝顶的聪明；要不然——因为往往不是那么回事——就听聪明的劝告也是好的啊。 723

歌队长 啊，主上，如果他说得很中肯，你就应当听他的话；（向海蒙）你也应当听你父亲的话；因为双方都说得有理。

克瑞翁 我们这么大年纪，还由他这年轻人来教我们变聪明一点吗？

海蒙 不是教你做不正当的事；尽管我年轻，你也应当注意我的行为，不应当只注意我的年龄。 729

克瑞翁　你尊重犯法的人，那也算好的行为吗？

海蒙　我并不劝人尊重坏人。[85]

克瑞翁　这女子不是害了坏人的传染病吗？

海蒙　忒拜全城的人都否认。

克瑞翁　难道市民要干涉我的行政吗？

海蒙　你看你说这话，不就像个很年轻的人吗？

克瑞翁　难道我应当按照别人的意思，而不按照自己的意思治理这国土吗？

海蒙　只属于一个人的城邦不算城邦。

克瑞翁　难道城邦不归统治者所有吗？

海蒙　你可以独自在沙漠中做个好国王。

克瑞翁　这孩子好像成为那女人的盟友了。

海蒙　不，除非你就是那女人；实际上，我所关心的是你。

克瑞翁　坏透了的东西，你竟和父亲争吵起来了！

海蒙　只因为我看见你犯了过错，做事不公正。

克瑞翁　我尊重我的王权也算犯了过错吗？

海蒙　你践踏了众神的权利，就算不尊重你的王权。[86]

克瑞翁　啊，下贱东西，你是女人的追随者。

海蒙　可是你绝不会发现我是可耻的人。

克瑞翁　你这些话都是为了她的利益而说的。

海蒙　是为了你我和下界神祇的利益而说的。

克瑞翁　你绝不能趁她还活着的时候，同她结婚。 750

海蒙　那么她是死定了；可是她这一死，会害死另一个人。

克瑞翁　你胆敢恐吓我吗？[87]

海蒙　我反对你这不聪明的决定，算得什么恐吓呢？

克瑞翁　你自己不聪明，反来教训我，你要后悔的。[88]

海蒙　你是我父亲，我不能说你不聪明。

克瑞翁　你是伺候女人的人，不必奉承我。

海蒙　你只是想说，不想听啊。 757

克瑞翁　真的吗？我凭奥林匹斯[89]起誓，你不能尽骂我而不受惩罚。

（向二仆人）快把那可恨的东西押出来，让她立刻当着她未婚夫，死在他的面前，他的身旁。 761

海蒙　不，别以为她会死在我的身旁；你再也不能亲眼看见我的脸面了，只好向那些愿意忍受的朋友发你的脾气！ 765

海蒙自观众右方下。

歌队长　啊，主上，这人气冲冲地走了，他这样年轻的人受了刺激，是很凶恶的。

克瑞翁 随便他怎么说，随便他想做什么凡人所没有做过的事；总之，他绝不能使这两个女孩子免于死亡。

歌队长 你要把她们姐妹都处死吗？

克瑞翁 这句话问得好；那没有参加这罪行的人不被处死。[90]

歌队长 你想把那另一个怎样处死呢？

克瑞翁 我要把她带到没有人迹的地方，把她活活关在石窟[91]里，给她一点点吃食，只够我们赎罪之用，使整个城邦避免污染。[92]她在那里可以祈求冥王，她所崇奉的唯一神明，不至于死去；但也许到那时候，虽然为时已晚，她会知道，向死者致敬是白费工夫。

克瑞翁进宫。

八　第三合唱歌

歌队　（首节）爱情啊，你从没有吃过败仗，爱情啊，你浪费了多少钱财，你在少女温柔的脸上守夜，你飘过大海，飘到荒野人家；没有一位天神，也没有一个朝生暮死的凡人躲得过你；谁碰上你，谁就会疯狂。

（次节）你把正直的人的心引到不正直的路上，使他们遭受毁灭：这亲属间的争吵是你挑起来的；那美丽的新娘眼中发出的鲜明热情获得了胜利；爱情啊，连那些伟大的神律都被你压倒了，[93]那不可抵抗的女神阿佛洛狄忒[94]也在嘲笑它们。（本节完）

歌队长 （尾声）我现在看见这现象，自己也越出了法律的范围；[95]我看见安提戈涅去到那使众生安息的新房[96]，再也禁不住我的眼泪往下流。

九　第四场

安提戈涅由二仆人自宫中押上场。

安提戈涅　（哀歌第一曲首节）啊，祖国的市民们，请看我踏上这最后的路程，这是我最后一次看看太阳光，从今后再也看不见了。那使众生安息的冥王把我活生生带到冥河边上[97]，我还没有享受过迎亲歌，也没有人为我唱过洞房歌[98]，就这样嫁给冥河之神。（本节完） 816

歌队长　不，你这样去到死者的地下是很光荣，很受人称赞的；那使人消瘦的疾病没有伤害你，刀剑的杀戮也没有轮到你身上；这人间就只有你一个人由你自己做主[99]，活着到冥间。 822

安提戈涅　（第一曲次节）可是我曾听说坦塔洛斯的女儿，

那佛律癸亚客人，在西皮罗斯岭上也死得很凄惨，[100]那石头像缠绕的常春藤似的把她包围；雨和雪，像人们所说的，不断地落到她消瘦的身上，泪珠从她泪汪汪的眼里滴下来，打湿了她的胸脯；天神这次催我入睡，这情形和她的相似。[101]（本节完）

歌队长 但是她是神，是神所生；[102]我们却是人，是人所生。好在你死后，人们会说你生前和死时都与天神同命，那也是莫大的光荣！

安提戈涅 （第二曲首节）哎呀，你是在讥笑我！凭我祖先的神明，请你告诉我，你为什么不等我不在了再说，却要趁我还活着的时候挖苦我？城邦呀，城邦里富贵的人呀，狄耳刻水泉呀，有美好战车的忒拜的圣林呀，请你们证明我没有朋友哀悼，证明我受了什么法律处分，去到那石牢，我的奇怪的坟墓[103]里；哎呀，我既不是住在人世，也不是住在冥间，既不是同活人在一起，也不是同死者在一起。[104]（本节完）

歌队长 孩儿呀，你到了鲁莽的极端，猛撞着法律的最高宝座，倒在地上，这样赎你祖先传下来的罪孽。

安提戈涅 （第二曲次节）你使我多么愁苦，你唤醒了我为我父亲，为我们这些闻名的拉布达喀代[105]的厄运而时常发出的悲叹。我母亲的婚姻所引起的灾难呀！我那不幸的母亲和她亲生儿子的结合呀！我的父亲呀！我这不幸的人是什么样的父母生的呀！我如今被人诅咒，还没有结婚就到他们那里居住。哥哥呀，你的婚姻也很不幸，[106]你这一死害死了你这还活着的妹妹。（本节完） 871

歌队长 虔敬的行为虽然算是虔敬，但是权力，在当权的人看来，是不容冒犯的。这是你倔强的性格害了你。 875

安提戈涅 （末节）没有哀乐，没有朋友，没有婚歌，我将不幸地走上眼前的道路。我再也看不见太阳的神圣光辉，我的命运没有人哀悼，也没有朋友怜惜。 882

克瑞翁偕众仆人自宫中上。

克瑞翁 （向众仆人）如果哭哭唱唱有什么好处，一个人临死前绝不会停止他的悲叹和歌声——难道你们连这个都不知道？还不快快把她带走？你们按照我的吩咐把她关在那拱形坟墓里之后，就扔下她孤孤单单，随便她想死，或者在那样的家里过坟墓生活。不管怎么样，我们在这女子的事情上头是没有罪的；[107]总之，她在世上居住的权利是被剥夺了。 890

安提戈涅　坟墓呀，新房呀，那将永久关住我的石窟呀！我就要到那里去找我的亲人，他们许多人早已死了，被冥后[108]接到死人那里去了，我是最后一个，命运也最悲惨，在我的寿命未尽之前就要下去。很希望我这次前去，受我父亲欢迎，母亲呀，受你欢迎，哥哥呀，也受你欢迎；你们死后，我曾亲手给你们净洗装扮，曾在你们坟前奠下酒水；[109]波吕涅刻斯呀，只因为埋葬你的
903 尸首，我现在受到这样的惩罚。

〔可是[110]在聪明人看来，我这样尊敬你是很对的。如果是我自己的孩子死了，或者我丈夫死了，尸首腐烂了，我也不至于和城邦对抗[111]，做这件事。我根据什么原则这样说呢？丈夫死了，我可以再找一个；孩子丢了，我可以靠别的男人再生一个；[112]但如今，我
912 的父母已埋葬在地下，再也不能有一个弟弟生出来。〕

〔我就是根据这个原则向你致敬礼；可是，哥哥呀，克瑞翁却认为我犯了罪，胆敢做出可怕的事。他现在捉住我，要把我带走，我还没有听过婚歌，没有上过新床，没有享受过婚姻的幸福或养育儿女的快乐；我这样孤孤单单，无亲无友，多么不幸呀，人还活着就到死者

的石窟中去。] 920

我究竟犯了哪一条神律呢……[113]我这不幸的人
为什么要仰仗神明？为什么要求神保佑，既然我这虔敬
的行为得到了不虔敬之名？即使在神们看来，这死罪是
应得的，我也要死后才认罪；[114]如果他们是有罪的，
愿他们所吃的苦头恰等于他们加在我身上的不公正的
惩罚。[115] 928

歌队长 那同一个风暴依然在她心里呼啸。

克瑞翁 那些押送她的人做事太缓慢，他们要后悔的。

安提戈涅 哎呀，这句话表示死期到了。

克瑞翁 我不能鼓励你，使你相信这判决不是这样批准的。[116] 936

安提戈涅 忒拜境内我先人的都城呀，众神明，我的祖先[117]
呀，他们要把我带走，再也不拖延时间了！忒拜长老们
呀，请看你们王室剩下的唯一后裔[118]，请看我因为重视
虔敬的行为，在什么人手中受到什么样的迫害啊！ 943

安提戈涅由二仆人自观众左方押下场。

十　第四合唱歌

歌队　（第一曲首节）那美丽的达娜厄也是在铜屋里看不见
天光，她在那坟墓似的屋子里被人囚禁；[119]可是，孩
儿呀孩儿，她的出身是高贵的，[120]她给宙斯生了个儿
子，是金雨化生的。命运的威力真可怕，不是金钱所能
收买，武力所能克服，城墙所能阻挡，破浪的黑船所能
954 躲避的。

（第一曲次节）德律阿斯的暴躁的儿子，厄多涅斯人的国王，也因为生气辱骂狄俄倪索斯，被他下令囚在石牢里，他是这样被压服的。等他那可怕的猛烈的疯狂气焰逐渐平息之后，他才知道他在疯狂中辱骂的是一位神。[121]他曾企图阻止那些受了神的灵感的妇女和她们

高呼欧嗬时候挥舞的火炬，[122]并且激怒了那些爱好箫
管的文艺女神。[123] 965

（第二曲首节）那双海的蓝色水边的牛峡岸旁是特
剌刻的萨尔密得索斯城……；[124]阿瑞斯，那都城的邻
居，[125]曾在那里看见菲纽斯两个儿子所受的发出诅咒
的创伤，他们被他那凶狠的次妻弄瞎了眼睛：她用血污
的手，用梭尖刺破了要求报复的眼珠；那创伤使它们看
不见阳光。[126] 976

（第二曲次节）这两个可怜的孩子被关瘦了，他们
悲叹他们所受的可怜的痛苦；他们是出嫁后不幸的母亲
所生，这母亲的世系可以追溯到厄瑞克透斯的古老家
族，[127]她是在那遥远的洞穴里养大的，同她父亲的风
暴在一起，玻瑞阿斯这孩子，神们的女儿，她同姐妹们
飞上那峻峭的山岭；[128]可是，孩儿呀，她也受到那三
位古老的命运女神的打击。[129] 987

十一　第五场

忒瑞西阿斯由童子带领，自观众右方上。

忒瑞西阿斯　啊，忒拜长老们，我们一路来了，两个人靠一双眼睛看路；因为要有人带领，瞎子才能行走。

克瑞翁　啊，年高的忒瑞西阿斯，有什么消息见告？

忒瑞西阿斯　我就告诉你；你必须听先知的话。

克瑞翁　我先前并没有违背过你的意思。

忒瑞西阿斯　因此那时候你平稳地驾驶着这城邦。[130]

克瑞翁　我能够证实我曾经得过你的帮助。

忒瑞西阿斯　要当心，你现在又处在厄运的刀口上了。

997 **克瑞翁**　你是什么意思？我听了你的话吓得发抖！

忒瑞西阿斯　你听了我的法术所发现的预兆，就会明白。我一坐上那古老的占卜座位——那是各种飞鸟聚集的地方——就听见鸟儿的难以理解的叫声，听见它们发出不祥的愤怒声，奇怪的叫噪；我知道它们是在凶恶地用脚爪互抓；听它们鼓翼的声音就明白了。 1004

我因此害怕起来，立即在火焰高烧的祭坛上试试燔祭；可是祭肉并没有燃烧，[131]从髀肉里流出的液汁滴在火炭上，冒冒烟就爆炸了，胆汁溅入了空中，那滴油的大腿骨露了出来，那罩在上面的网油已经熔化了。[132] 1011

这祭礼没有显示出什么预兆，[133]我靠它来占卜，就是这样失败了，告诉我这件事的是这个孩子，他指示我，就像我指示别人一样。因为你的意见不对，城邦才有了污染。我们的祭坛和炉灶[134]全都被猛禽和狗子用它们从俄狄浦斯儿子可怜的尸体上撕下来的肉弄脏了；因此众神不肯从我们这里接受献祭的祈祷和大腿骨上发出的火焰；连鸟儿也不肯发出表示吉兆的叫声；因为它们吞食了被杀者的血肉。 1022

孩子，你想想看，过错人人都有，一个人即使犯了过错，只要能痛改前非，不再固执，这种人并不失为聪明而有福的人。

顽固的性情会招惹愚蠢的恶名。你对死者让步吧，不要刺杀那已经被杀死的人。再杀那个死者算得什么英勇呢？我对你怀着好意，为你好而劝告你；假使忠言有益，听信忠言是件极大的乐事。

克瑞翁 老头儿，你们全体[135]向着我射来，像弓箭手射靶子一样；我并不是没有被你们的预言术陷害过，而是早就被一族预言者贩卖，装上货船。[136]你们尽管赚钱吧，只要你们愿意，你们就去贩卖萨耳得斯白金[137]，印度黄金；但是你们不能把那人埋进坟墓；不，即使宙斯的鹰把那人的肉抓着带到他的宝座上，不，即使那样，我也决不因为害怕污染，就允许你们埋葬；因为我知道，没有一个凡人能使天神受到污染。啊，老头儿忒瑞西阿斯，即使是最聪明的人，只要他们为了贪图利益，说出一些漂亮而又可耻的话来，也会很可耻地摔倒。

忒瑞西阿斯 唉！有谁知道，有谁考虑过——

克瑞翁 什么？你要发表什么老生常谈？

忒瑞西阿斯 谨慎比财富贵重多少？

克瑞翁 我认为像愚蠢一样，是最有害的东西。

忒瑞西阿斯　你正是害了愚蠢的传染病。

克瑞翁　我不愿意回骂先知。

忒瑞西阿斯　可是你已经骂了，说我的预言是骗人的。

克瑞翁　你们那一族预言者都爱钱财。

忒瑞西阿斯　暴君所生的一族人却爱卑鄙的利益。

克瑞翁　你知道不知道你是在对国王说话？

忒瑞西阿斯　我知道；因为你是靠了我才挽救了这城邦，做了国王。

克瑞翁　你是个聪明的先知，只是爱做不正派的事。

忒瑞西阿斯　你会使我说出我藏在心里的秘密。

克瑞翁　尽管说出来吧，只要不是为利益而说话。[138]

忒瑞西阿斯　我也不为你的利益而说话。

克瑞翁　我告诉你，你不能拿我的决心去卖钱。

忒瑞西阿斯　我告诉你，你看不见多少天太阳的迅速奔驰了，在这些日子之内，你将拿你的亲生儿子作为赔偿，拿尸首赔偿尸首；[139]因为你曾把一个世上的人扔到下界，用卑鄙办法，使一个活着的人住在坟墓里，还因为你曾把一个属于下界神祇的尸体，一个没有埋葬，没有祭奠，完全不洁净的尸体扣留在人间，[140]这件事你不

能干涉，上界的神明也不能过问；你这样做，反而冒犯
他们。[141]为此，冥王和众神手下的报仇神们，那三位
迟迟而来的毁灭之神，[142]正在暗中等你，要把你陷在
1076 同样的灾难中。

你想想，我是不是因为受了贿赂而这样说。等不了
许久，你家里就会发出男男女女的哭声；所有的邻邦都
会由于恨你而激动起来；[143]因为它们战士的破碎尸体
被狗子，野兽或飞鸟埋进肚子了，那些鸟儿还把不洁净
1083 的臭气带到他们城邦里的炉灶上。[144]

既然你刺激我，我就像一个弓箭手愤怒地向你的心
1086 射出这样的箭，你一定逃不了箭伤啊！

孩子，带我回家吧；让他向比我年轻的人发泄他的
怒气，让他懂得怎样使他的舌头变温和一点，怎样使他
1090 胸中有一颗比他现在所有的更好的心。

忒瑞西阿斯由童子带领，自观众右方下。

歌队长 啊，主上，这人说了些可怕的预言就走了。自从我
的头发由黑变白以来，我一直知道他从来没有对城邦说
1094 过一句假话。

克瑞翁 这个我也知道得很清楚，所以心里乱得很。要我让

步自然是为难，可是再同命运对抗，使我的精神因为闯着祸事而受到打击，也是件可怕的事啊！ 1097

歌队长 啊，墨诺叩斯的儿子，你应当采纳我的忠告。

克瑞翁 我应当怎样办呢？你说呀，我一定听从。

歌队长 快去把那女孩子从石窟里放出来，还给那暴露的尸体起个坟墓。[145] 1101

克瑞翁 你是这样劝我吗？你认为我应当让步吗？

歌队长 啊，主上，尽量快些；因为众神的迅速的报应会追上坏人。

克瑞翁 哎呀，多么为难啊！可是我仍然得回心转意——我答应让步。我们不能和命运拼。

歌队长 你亲自去做这些事吧，不要委托别人。 1107

克瑞翁 我这就去。喂，喂，全体仆人啊，快拿着斧头赶到那遥遥在望的地方！既然我回心转意，我亲自把她捆起来，就得亲自把她释放。我现在相信，一个人最好是一生遵守众神制定的律条。 1114

克瑞翁偕众仆人自观众左方急下。

十二　第五合唱歌

歌队　（第一曲首节）啊，你这位多名的神，卡德墨亚新娘
的掌上明珠，鸣雷掣电的宙斯的儿子，[146]你保护着闻
名的意大利亚，[147]保护着厄琉西斯女神得俄的欢迎客
人的盆地；[148]啊，巴克科斯，你住在忒拜城——你的
女信徒的祖国，[149]住在伊斯墨诺斯流水旁边，曾经种
1125 过毒龙的牙齿的土地上。[150]

（第一曲次节）那双峰上闪耀的火光时常照着你，
科律喀斯的仙女们，你的女信徒，在那里游行；卡斯塔
利亚水泉也时常看见你的形影。[151]你来自长满常春藤
的倪萨山岭，来自遍地葡萄的绿色海边，[152]神圣的歌
1136 声欧嗬[153]把你送到忒拜城。

（第二曲首节）在一切城邦中，你最喜爱忒拜，你的遭了霹雳的母亲也是这样；如今啊，既然全城的人都处在大难之中，请你举起脚步越过帕耳那索斯山岭，或波涛怒吼的海峡前来清除污染啊！[154] 1145

（第二曲次节）喷火的星宿[155]的领队啊，彻夜歌声的指挥者啊，宙斯的儿子，我的主啊，快带着仙女们，你的侣伴，出现呀，她们总是在你面前，在你伊阿科斯，快乐的赐予者面前，通宵发狂，载歌载舞。[156] 1154

十三　退场

报信人自观众左方上。

报信人　卡德摩斯和安菲翁[157]宫旁的邻居啊，人的生活不管哪一种，我都不能赞美它或咒骂它是固定不变的；因为运气时常抬举，又时常压制那些幸福的和不幸的人；没有人能向人们预言生活的现状能维持多久。克瑞翁，在我看来，曾经享受一时的幸福，他击退了敌人，拯救了卡德摩斯的国土，取得了这地方最高的权力，归他掌握，他并且有福气生出一些高贵的儿子；但如今全都失去了。一个人若是由于自己的过失而断送了他的快乐，我就认为他不再是个活着的人，而是个还有气息的尸首。只要你高兴，尽管在家里累积财富，摆着国王的排场生活下去；但是，如果其中没有快乐可以享受，我就不愿意用烟下面的阴凉[158]向你交换那种富贵生活，那和快乐生活比起来太没有价值了。

欧律狄刻自内稍启宫门。

歌队长 你来报告什么？我们的王室又有了什么灾难？

报信人 他们都死了！那活着的人对死者应当负责任。

歌队长 谁是凶手，谁是被杀者？快说呀！

报信人 海蒙死了；他不是被外人杀死的。

歌队长 到底是他父亲的手，还是他自己的手杀死的？

报信人 他为那杀人的事生他父亲的气，因此自杀了。

歌队长 先知呀，你的话多么灵验啊！

报信人 既然如此，你应当想想其余的事！

歌队长 我看见不幸的欧律狄刻，克瑞翁的妻子，来了，她是偶然从家里出来的；要不然，就是因为她听见了她儿子的消息。

欧律狄刻由众侍女扶着自宫中上。

欧律狄刻 啊，全体市民们，我正要到雅典娜女神庙[159]上去祈祷，刚走到大门口，就听见你们的谈话。当我取下门杠开门的时候，家庭灾难的消息就传到我的耳中，我

心里一害怕，就向后跌倒在女仆们怀中，昏过去了。不管是什么消息，请你再说一遍；我并不是个没有经历过
1191 苦难的人，我要听听。

报信人 亲爱的主母，我既然到过那里，一定向你报告，不漏掉一句真实话。我为什么要安慰你，使我后来被发现
1195 是说假话呢？真实的话永远是最好的。

我给你丈夫指路，跟着他走到平原边上，波吕涅刻斯的尸体依然躺在那里，被狗子撕破，没有人怜悯。我们祈求道路之神[160]和冥王息怒，大发慈悲；我们随即用清洁的水把他的尸体洗洗，用一些新采集的树枝把残尸火化，还用他的家乡泥土起了一个高坟。[161]然后我们走向那嫁给死神的女子的新房，用石头垫底的洞穴。[162]有人远远听见那还没有举行丧礼的洞房里
1208 发出很大的哭声，特别跑来告诉我们的主人克瑞翁。

国王走近一点，那听不清楚的凄惨呼声就飘到他的耳边；他叫喊一声，说出这悲惨的话："哎呀，难道我的预料成了真事吗？[163]难道我走上最不幸的道路了吗？是我儿子的声音传到了我的耳中，要我认识！仆人们，赶快上前！你们到了坟前，从坟墓石壁被人弄破的

地方钻进去，[164]走到墓室门口，朝里望望，告诉我是我认出了海蒙的声音，还是我被众神欺骗了。”[165] 1218

我们奉了这懊丧的主人的命令，前去察看，看见那女子吊在墓室尽里边，脖子套在细纱绾成的活套里；[166]那年轻人抱住她的腰，[167]悲叹他未婚妻的死亡，他父亲的罪行和他的不幸的婚姻。 1225

他父亲一望见他，就发出凄惨的声音；[168]他跟着进去，大声痛哭，呼唤他的儿子：“不幸的儿呀，你做的是什么事？你打算怎么样？什么事使你发疯？儿呀，快出来，我求你，我求你！”那孩子却用凶恶的眼睛瞪着他，脸上显出憎恨的神情；[169]他一句话都没回答，随手把那把十字柄短剑拔了出来。他父亲回头就跑，没有被他刺中；那不幸的人对自己生起气来，立即向剑上一扑，右手把剑的半截刺在胁里。[170]当他还有知觉的时候，他把那女子抱在他那无力的手臂中；他一喘气，一股急涌的血流到她那惨白的脸上。 1239

他躺在那里，尸体抱住尸体；这不幸的人终于在死神屋里完成了他的婚礼。他这样向世人证明，人们最大的灾祸来自愚蠢的行为。[171] 1243

欧律狄刻进宫，众侍女随入。

歌队长　你猜这是什么意思？我们的主母没有说一句好话，也没有说一句坏话就走了。

报信人　我也大吃一惊；我只希望她认为听见了孩子的灾难，不好在大众面前痛哭悲伤；但是，在家里，她可以领着侍女们哀悼家庭的不幸。[172]她为人很谨慎，不会做错
1250 什么事。

歌队长　也许是的；可是，在我看来，这种勉强的沉默和哭
1252 哭啼啼都是不祥之兆。

报信人　我进宫去打听她愤怒的心里是不是隐藏着什么不肯
1256 泄露的决心。你说得对：勉强的沉默是不祥之兆。

报信人进宫。

歌队长　看呀，国王回来了，他手边还有一件表示他的行为的纪念品[173]——如果我们可以这样说[174]——这件
1260 祸事不是别人惹出来的，只怪他自己做错了事。

众仆人抬着海蒙的尸首自观众左方上，克瑞翁随上。

克瑞翁　（哀歌第一曲首节）哎呀，这邪恶心灵的罪过啊，这顽固性情的罪过啊，害死人啊！唉，你们看见这杀人

者和被杀者是一家人！唉，我的决心惹出来的祸事啊！儿啊，你年纪轻轻就夭折了，哎呀呀，你死了，去了，只怪我太不谨慎，怪不着你啊！（本节完） 1269

歌队长 唉，你好像看清了是非，只可惜太晚了。

克瑞翁 （第二曲首节）唉，我这不幸的人已经懂得了；仿佛有一位神在我头上重重打了一下，[175]把我赶到残忍行为的道路上，哎呀，推翻了，践踏了我的幸福！唉！唉！人们的辛苦多么苦啊！（本节完） 1277

报信人自宫中上。

报信人 啊，主人，你来了，你手里已经有了东西，此外你还有别的呢；这一个你用手抬着，那一个在家里，你立刻就可以看见。

克瑞翁 除了这些之外，还会有什么更大的灾难呢？

报信人 你的妻子，死者的真正母亲，[176]已经死了，哎呀，那致命的创伤还是新的呢！ 1283

克瑞翁 （第一曲次节）哎呀，死神的填不满的收容所啊，[177]你为什么，为什么害我？你这个向我报告灾难的坏消息的人啊，你还有什么话要说呢？哎呀，你把我这已死的人又杀了一次！年轻人，你说什么？你带来的是什么消

息？哎呀呀，是不是关于我妻子的死亡，尸首上堆尸首的消息？（本节完）

活动台自景后推出来，上面停放着欧律狄刻的尸首。

歌队长 你看见了；不再是停在里面的了。

克瑞翁 （第二曲次节）哎呀，我看见了另一件祸事！还有什么，什么命运在等待我呢？刚才我把儿子抱在手里，哎呀，现在又看见这眼前的尸首！唉，不幸的母亲呀！唉，我的儿呀！（本节完）

报信人 她首先哀悼那先前死去的墨伽柔斯的光荣命运，[178]再哀悼这孩子的命运，[179]最后念咒，请厄运落到你这杀子的人头上；她随即站在祭坛[180]前面，用锋利的祭刀自杀，闭上了昏暗的眼睛。

克瑞翁 （第三曲首节）哎呀呀，吓得我发抖啊！怎么没有人用双刃剑当胸刺我一下？唉，唉，我多么不幸，深深陷入了不幸的苦难中！（本节完）

报信人 是呀；你妻子临死时候指控你对这孩子和那孩子的死亡要负责任。

克瑞翁 她是怎样自杀的？

报信人 她听见我们大声哀悼她儿子的死亡，就亲手刺穿了自己的心。 1315

克瑞翁 （第四曲首节）哎呀呀，这罪过不能从我肩上转嫁给别人！是我，哎呀，是我杀了你，我说的是事实。啊，仆人们，赶快把我这等于死人的人带走吧！带走吧！（本节完） 1325

歌队长 如果灾难中还有什么好事，你吩咐的倒也是件好事；大难临头，时间越短越好。 1327

克瑞翁 （第三曲次节）快来呀，快来呀，最美最好的命运，快出现呀，给我把末日带来！来呀！来呀，别让我看见明朝的太阳！（本节完） 1333

歌队长 那是未来的事；眼前这些事[181]得赶快办；其余的自有那些应当照管的神来照管。[182]

克瑞翁 我希望的一切都包含在这句话里，我同你一起祈祷。

歌队长 不必祈祷了；是凡人都逃不了注定的灾难。 1338

克瑞翁 （第四曲次节）把我这不谨慎的人带走吧！儿呀，我不知不觉就把你杀死了，（向欧律狄刻的尸首）还把你也杀死了，哎呀呀！我不知看他们哪一个好，不知此

后倚靠谁；我手中的一切都弄糟了，还有一种难以忍受
1347 的命运[183]落到了我头上。（本节完）

众仆人把海蒙的尸首抬进宫，克瑞翁和报信人随入；活动台退到景后。

歌队长 谨慎的人最有福；千万不要犯不敬神的罪；傲慢的
人的狂言妄语会招惹严重惩罚，这个教训使人老来时小
1353 心谨慎。

歌队自观众右方退场。

注 释

［1］ 神示说忒拜城国王拉伊俄斯（Laios）会死在自己儿子手中，他后来生了俄狄浦斯，就叫一个牧人把这婴儿扔在山上。这孩子却被波吕玻斯（Polybos）收养作太子。俄狄浦斯成人后，因为有人骂他是养子，他便跑去向阿波罗（Apollon）求问。阿波罗没有回答他的父母是谁，只说他会杀父娶母。他听见了这话，不敢回家，便向忒拜走去，在路上同一个老年人为争路而起口角，他竟把那人打死了，哪知那人即是他父亲。他到了忒拜城，制服了一个人面狮身的女妖，忒拜人因此立他为王，把王后也嫁给他，那王后即是他母亲。他生了二男二女，终于发现他杀了父亲，娶了母亲，因此自己刺瞎了眼睛。俄狄浦斯退位后，因为两个王子，厄忒俄克勒斯（Eteokles）和波吕涅刻斯（Polyneikes）尚在幼年，政事由克瑞翁摄行。后来两个王子长大，因为争夺王位，互

相残杀而死。

［2］ 俄狄浦斯的父亲拉伊俄斯曾拐走珀罗普斯（Pelops）的儿子克律西波斯（Khrysippos），那孩子一离家就自杀了，珀罗普斯因此诅咒拉伊俄斯没有好报。后来拉伊俄斯果然被自己的儿子俄狄浦斯杀死了。俄狄浦斯既是个杀人犯，凡是他所用过的器皿都得被毁掉；因为古代人相信杀人犯用过的东西是不洁的。据说宫中的人不让他用金银器皿，另换铁制器皿给他使用。他后来在疯狂中忘记了这习惯，认为是他儿子厄忒俄克勒斯和波吕涅刻斯薄待他，因此诅咒他们日后会用“铁器”（指兵器）来瓜分产业，双方都得到一块等量的土地。后来这两弟兄果然自相残杀而死，由那残杀而引起的灾难便是波吕涅刻斯的尸首不得埋葬。“诅咒中所包含的”是补充的。

［3］ 宙斯（Zeus）是克洛诺斯（Kronos）和瑞亚（Rhea）的儿子，为众神之首。

［4］ “将军”指克瑞翁，他曾率领军队追击阿耳戈斯（Argos）人，这时候他刚回来。

［5］ 意即克瑞翁禁止任何人埋葬敌人的尸首，并用这种对付敌人的禁令来对付波吕涅刻斯。

［6］ 阿耳戈斯在伯罗奔尼撒（Peloponnesos）半岛东北角上。

［7］ 指大门，门内是庭院。

[8] 古希腊人把埋葬死者视为神圣的义务。死者不得埋葬，便不能渡过冥河前往冥土，对天上和下界的神也是大不敬。

[9] 尸体对食肉的猛禽说来是块贮藏品，它们可以反复地飞来啄食。

[10] 这命令本是向全体市民宣布的，但是她们姐妹俩既是应尽丧礼的亲人，也就可以说这是特别向她们宣布的。

[11] “用石头砸死”是古代用来惩罚激起公愤的罪人的一种刑罚。

[12] 此处借用一句谚语，意思是“参与”。

[13] 指安提戈涅自己的手。

[14] “鬼神”包括波吕涅刻斯的鬼魂在内。死者未得埋葬，下界的神祇会震怒，参看注[8]。

[15] 古希腊人认为在人间的法律之上还有天条，例如必须埋葬死者。安提戈涅为了遵守这天条，宁愿因违犯克瑞翁的禁令而获罪。

[16] 用土起个坟墓，是正常的埋葬仪式，这里安提戈涅说得很郑重；但是安提戈涅只能举行象征仪式，撒一点沙子在她哥哥尸体上。

[17] 意即这件事有性命之忧，安提戈涅热心去做的事，正是可忧可惧，使人心冷。

[18] 指伊斯墨涅自己和波吕涅刻斯。

[19] 古雅典剧场里人物的上下场有一定的规矩，从市场里（亦即城里）或海上来的人物应自观众右方上，从乡下来的人物应自观众左方上；到市场里或海上去的人物应自观众右方下，到乡下去的人物应自观众左方下。安提戈涅这回自观众左方下，表示她到乡下去埋葬她的哥哥，波吕涅刻斯的尸体是在北郊。

[20] 古希腊的合唱歌分若干曲，每曲又分首节、次节与末节（有的合唱歌缺少末节）。每曲首次两节的节奏和拍子是相同的，但各曲的节奏和拍子彼此不同。末节的节奏和拍子与首次两节的不同，但全歌中各曲末节的节奏和拍子是相同的。

[21] 忒拜城（又译作底比斯城）在玻俄提亚（Boiotia，又译作比奥细亚）境内，位于雅典西北方，相距约四十公里。

[22] 狄耳刻（Dirke）是忒拜国王吕科斯（Lykos）的次妻。这国王为了娶狄耳刻，把前妻抛弃，后来前妻的儿子把狄耳刻用牛拖得半死，又把她抛到水泉里，这水泉便由她而得名字。这水泉在忒拜城西边。

[23] “阿耳戈斯”这个词在希腊文里，尖音改变位置，便是“光辉”的意思，可能因为这缘故阿耳戈斯人把他们的盾牌涂成白色，作为标志。阿耳戈斯人战败后停留在郊外，到夜里才开始偷跑。这时候太阳一出来，忒拜人又在后面追赶，他们便乱作一团，跑得更快。“嚼铁”

指有刺的或嵌着尖锐的宝石的嚼铁，可以使马嘴出血，此处作为比喻，借指“强迫”。

[24] 形容敌人的白盾，参看上注。

[25] 每个首节和次节后面有七行短短长节奏的诗，叫作“绪斯忒玛”(Systema)，是由歌队长朗诵的。

[26] 赫淮斯托斯(Hephaistos)是宙斯和赫拉(Hera)的儿子，为火神。

[27] 忒拜城的建立者卡德摩斯(Kadmos)当初刺杀过一条龙(即大蛇)，他把龙牙种在地下，土里长出了许多战士。那些战士自相残杀，剩下的五个便是忒拜人的祖先，所以忒拜人被视为龙的子孙。

[28] 阿耳戈斯将领十分狂妄，卡帕纽斯(Kapaneus)说神都阻挡不住他。

[29] 卡帕纽斯爬上城墙要放火烧城，却被电火烧死了。这故事非常著名，所以此处没有提起他的名字。欧里庇得斯的《腓尼基妇女》一剧第1172行以下一段叙述这故事说:“但是卡帕纽斯的狂态，我将怎么的说呢?他带了长的爬城的云梯跑来，这样的口出大言，说就是宙斯的神圣的电火也阻挡不住他……但是在他刚迈过了墙顶的时候，宙斯打了他一霹雳。……他从梯子上掉下去……成为一个火焰烧焦的尸首。”(《周作人译文全集》第二卷第326页，上海人民出版社，2019)

[30] 阿瑞斯（Ares）是宙斯和赫拉的儿子，为战神。“得力助手”原文作“右边的马”。古希腊参加竞赛的车子并排驾着四匹马，车向左转，转弯时，右外边的马应当跑快些，因此驾在右外边的是最好最得力的马。

[31] 索福克勒斯的《俄狄浦斯在科罗诺斯》剧中的阿耳戈斯将领是波吕涅刻斯，卡帕纽斯，厄忒俄克勒斯（Eteokles），安菲阿剌俄斯（Amphiaraos），堤丢斯（Tydeus），希波墨冬（Hippomedon）和帕耳忒诺派俄斯（Parthenopaios）。至于那逃回家的阿耳戈斯国王阿德剌斯托斯（Adrastos）则不在七将之内。安菲阿剌俄斯是被地坑吞下的，但在本剧里却算是战死的。

[32] 攻城的将领都吃了败仗，只有波吕涅刻斯是例外，他同时是战败者又是胜利者；因为两兄弟都杀死了对方，算是胜利者。七个敌将中本来已包括波吕涅刻斯，诗人又把他作为例外，同时把厄忒俄克勒斯也作为例外。

[33] “胜利女神”原文作“尼刻”（Nike），为提坦（Titan）神帕拉斯（Pallas）和斯提克斯（Styx）的女儿。

[34] “酒神”原文作“巴克科斯（Bakkhos）神”，巴克科斯是酒神狄俄倪索斯（Dionysos）的别名，狄俄倪索斯是宙斯和塞墨勒（Semele）的儿子，生在忒拜。

[35] 墨诺叩斯（Menoikeus）是彭透斯（Pentheus）的孙儿。

[36] 此处残缺两个或三个缀音。“王”字是校订者补订的。

[37]“他们的后人”指拉伊俄斯的儿子俄狄浦斯和俄狄浦斯的儿子厄忒俄克勒斯和波吕涅刻斯。

[38] 自从厄忒俄克勒斯和波吕涅刻斯死后，王位没有继承人（俄狄浦斯的女儿们没有继承权），克瑞翁便以舅父的身分继承了王位。

[39] 意即在城邦危急的时候所结交的对城邦有害的朋友不能算朋友。克瑞翁害怕舆论对禁葬令表示不满，因此竭力夸大他的爱国热情，希望借此减低人民的反感，使他们不反对这禁令。

[40] 特别指酒，蜜和水搀和而成的奠品，这奠品透过泥土，到达下界，为鬼魂所吸饮。

[41] 指处理政事的魄力，参看第175和176行（“我们就无法知道他的品德，魄力和智慧”）。

[42] 歌队长以为是指看守尸首的责任。这句话表示歌队虽然不反对禁葬令，但也不热心赞成。

[43] 因为他只能报告事实，说不出事情是谁做的。

[44] 意即如果被处死刑，那只是命该如此。

[45] 以射箭为喻，说那守兵射得好，躲得妙。守兵所要射取的目标是“安全”。国王在此处挖苦他掩蔽得好，是怀疑他曾受贿。

[46] 虽然只撒上沙子，也算是尽了埋葬的义务。“应有的仪式”大概指献花，奠酒等。

[47] 克瑞翁以为这件事是男人作的。

[48] 克瑞翁的禁葬令是在天亮以前颁布的。安提戈涅在禁令颁布之后，第一批守兵还没有到达之前，就撒上了沙子。

[49] 古希腊人经过尸首的时候，须撒一点沙子在死者身上，以便避免污染。

[50] 大家摇签决定谁去告诉国王。每人把自己的陶片或石子放在一只盔里，然后摇盔，看谁的陶片或石子先跳出来。“好签”是反话。

[51] 以拖车的马摇头表示反抗为喻。

[52] 指看守尸首的兵士们。

[53] 城邦富裕会遭受攻击以至于被毁灭；自己的人可能被敌人收买，出卖城邦。

[54] 意即许多人被那些受贿的人放逐。

[55] 守兵的意思是说，捉不到罪犯他打算逃跑，即使捉到了，他也不愿意再来报信。

[56] 歌队看见这埋葬的事做得又勇敢，又神奇，因此赞美人的才智。

[57] 爱琴海上春夏两季有北风和西北风缓缓地吹，宜于航行。到了冬天，狂暴的南风肆虐，古希腊人便不大到海上去。

[58] “变种的马”原文作“马的儿女”，指骡子。古希腊人用骡或牛耕地，很少用马。

[59] 古希腊人捕狮熊鹿兔野猪等都用网。

[60] 指造屋避霜和雨。

[61] 暗指那埋葬尸首的人手法虽然巧妙，终于会受到惩罚。

[62] 意即他的城邦完了，他本人也就成了个流亡者。

[63] 自从发现尸首已被人埋葬后，便不须看守；这时候他们又才奉命再去看守。

[64] 意即只要她肯低头，就能保全性命。

[65] 铁经过高温突然浸在水里使它变冷，是很脆的，然后使它缓热缓冷，锻炼成钢。克瑞翁指的是前一步骤。

[66] “家神宙斯”指供在庭院中的宙斯。“人”指自己家里的人。

[67] 卡德墨亚（Kadmeia）是忒拜的卫城，这名字可以代表忒拜城。卡德墨亚是由卡德摩斯而得名字的，参看注[27]。

[68] 意即在场的人也许认为安提戈涅做得对，但他们服从命令，没有埋葬尸首。

[69] 指厄忒俄克勒斯。

[70]“冥王”原文作“哈得斯”(Hades),为克洛诺斯和瑞亚的儿子。

[71]意即谁知道厄忒俄克勒斯会不会认为波吕涅刻斯应该享受葬礼?也许厄忒俄克勒斯会在下界和波吕涅刻斯言归于好。

[72]意即即使她两个哥哥生死都相恨,她自己也不肯和厄忒俄克勒斯一起恨波吕涅刻斯。

[73]死者要经过埋葬才能成为清洁的灵魂。伊斯墨涅的意思是说她分担了埋葬之罪而死,就等于她对死者尽了埋葬之礼。

[74]意即在克瑞翁和忒拜人看来,伊斯墨涅很聪明,但是在冥王和死者看来,安提戈涅却很聪明。

[75]伊斯墨涅之所以有罪,是因为她同情安提戈涅。

[76]舒克部尔格本(即哲布[Jebb]本)把此行作为安提戈涅所说。

[77]这位长老(即歌队长)曾对禁葬令表示同意(见第211行以下一段),等于他预先判定了罪犯的死刑。

[78]特剌刻(Thrake,又译作色雷斯)在黑海西岸。

[79]拉布达喀代(Labdakidai)意即拉布达科斯(Labdakos)的儿孙,拉布达科斯是拉伊俄斯的父亲,俄狄浦斯的祖父。

[80]上一代人的死并不能赎罪,珀罗普斯发出的诅咒对下一代

还要继续生效，参看注［2］。

［81］“根苗”指安提戈涅和伊斯墨涅。在长老们看来，安提戈涅埋葬她哥哥的行为是愚蠢的。下界神祇使珀罗普斯发出的诅咒发生效力，使安提戈涅说出愚蠢的话（见第450—470行），使她心里发狂。

［82］指惩罚人的权力。

［83］奥林匹斯（Olympos）山在希腊北部，为众神的住处。

［84］像一个人在炭灰上行走，以为下面的火已经熄灭，等烧着脚的时候，才知道下面还有火。

［85］意即不但自己不尊重坏人，而且不劝别人尊重坏人。海蒙并没有直接否认安提戈涅是个犯法的人，但否认她是个坏人。

［86］“权利”指享受祭礼，接收死者一类的权利。当克瑞翁滥用神赐的权力侵犯神的权利的时候，他便犯了过错，就算没有尊重自己的王权。

［87］海蒙是说要自杀，克瑞翁却认为海蒙要杀他。

［88］意即因为受了惩罚而后悔。

［89］此处指天，参看注［83］。

［90］克瑞翁原想把她们姐妹俩都处死，这时候他稍为平静一点，觉得伊斯墨涅没有罪，便饶她一死。

［91］指北郊平原边上的石窟，那是王室或贵族预先掘就的坟墓。

［173］ 意即表示克瑞翁的不谨慎的行为的纪念品。

［174］ 这是道歉的话。歌队长批评克瑞翁，话说得太重了，因此这样道歉。

［175］ 克瑞翁把自己比作一匹马，这种打击最容易使马发疯。

［176］ 指欧律狄刻很爱她的儿子。

［177］ 海蒙的死还赎不了克瑞翁的罪，如今死神又把他妻子的性命夺去，作为赔偿。

［178］ 据说阿耳戈斯人攻城的时候，先知忒瑞西阿斯曾说战神阿瑞斯很生气，因为卡德摩斯曾经杀死战神的龙，战神便要求杀一个人来赔偿这笔血债。忒瑞西阿斯建议杀克瑞翁的儿子墨伽柔斯来祭献。墨伽柔斯假意说要逃到得尔福去，他趁克瑞翁回家给他准备旅费的时候，由望楼上跳下自杀了，这样赔偿了血债。

［179］ 报信人说这句话的时候，用手指着海蒙的尸首。

［180］ 指庭院中的祭坛。

［181］ 指埋葬的事。

［182］ “其余的”指未来的事，即克瑞翁的命运，那命运将由天神来决定。

［183］ 特指寂寞。